제일로 작은 그릇

시작시인선 0328 제일로 작은 그릇

1판 1쇄 펴낸날 2020년 5월 4일
지은이 구재기
펴낸이 이재무
책임편집 차성환
편집디자인 민성돈, 장덕진
펴낸곳 (주)천년의시작
등록번호 제301-2012-033호
등록일자 2006년 1월 10일
주소 (03132) 서울시 종로구 삼일대로32길 36 운현신화타워 502호
전화 02-723-8668
팩스 02-723-8630
홈페이지 www.poempoem.com
이메일 poemsijak@hanmail.net

ISBN 978-89-6021-486-6 04810
     978-89-6021-069-1 04810(세트)

값 10,000원

제일로 작은 그릇

구재기

천년의 시│작

시인의 말

시란
정情을 뿌리로 하고
말(言語)을 싹으로 하며
소리를 꽃으로 하고
의미를 열매로 한다
―백거이白居易의 말이다

나의 시詩가
그렇게 남겨지고 싶다

2020년 이른 봄
태산목꽃 그리워지는 날에

산애재蒜艾齋에서
구재기

차 례

시인의 말

제1부 야생화 이름

제1부 야생화 이름

계절에 대하여

봄으로 하여
여름으로 자라나고
가을로 하여
겨울로 비워 가는 나무들

봄으로 하여 다시 채워지는데

무엇이
허용될 수 있을까
무엇으로
비워질 수 있을까

오고 감이 인연하는 바로 이 자리

종심從心을 맞으며

아직도
갈 길이 많이 남았는데
왜 자꾸만 머뭇거려지는 것일까

길가의 꽃들은
저희들끼리 함께 있는 것만으로
가슴 깊이 향기로 넘쳐 나는데

산사 일주문 앞에서
힘없이 멈춰버린 발길에
왜 자꾸만 그늘이 내리는 것일까

가다가, 또 가다가
뒤돌아보아 문득, 왜,
홀로인 것을 자꾸만 깨단하듯* 하는가

* 깨단하다: 오래 생각나지 않은 것을 어떤 실마리로 하여 깨달아 분명히 알다.

수박

피눈물이 고인 듯
하늘에서 내리쏟아진
황톳빛 빗물 고인 듯

참았던 가슴이
화들짝 열리면서
붉게 터져 나오는
정념情念의 액즙이여

거기에서
무슨 법문法問을 하리오
할喝한 소리를
어이 감당할 수 있으리오

촉촉이 젖은 입술인 듯
머리에 인 물 항아리에서
출렁이는 물살인 듯

돌부처

돌은 제 고요로
움직이지 않는다

상호相好*에 빛이 감돌아
돌은 살아있지도 않으며
죽어있지도 않는다

들으려 하여도
들을 수 없는
보려 하여도 볼 수 없는

하늘과 땅 사이
채우려 하여도 채울 수 없는
깊은 침묵에 싸여 있다

문득
허공으로부터
소리 없는 음악이 들려온다

* 상호相好: 부처님의 얼굴.

16

염화染化**

흔들리는
개구리밥은
물 위에서 자유롭다

하늘을
우러르면서도
입을 열지 않는데

그걸 알고서
하늘은 슬그머니
물속에 제 몸을 담아놓는다

** 염화染化: 좋은 영향을 받아 생각이나 행동이 바람직하게 변함.

눈 쌓인 밤에

두 손을 모아
허리 굽혀 절을 하면 보일까
달빛 쏟아지는 온 누리
들창문을 열고 보니
소복을 벗어 내려놓은 듯
수북하게 쌓인 흰 눈송이들
백자청화 화조문병에서는
미처 따라 올리지 못한
잘 익은 술 냄새가 피어오르고
밖의 날씨는 한결 차가워졌는데
백자청화 화조문병에는
흔들리는 촛불 빛이 어리고
푸른 나뭇가지에 앉은
새 한 마리는
어디로 날아가려는 것일까
두 날개를 펴고
숨소리를 멈춰보아도
차마 분별할 수 없는
이승과 저승 사이
마침내 방문을 열어젖히자

일순, 몰려오는 차가운 바람에
눈가로 흘러내리는
눈물 두어 방울
밖의 날씨가 한결 차가워졌다

나무 밑에서

나에게 있어 나무는
믿음을 요구하는 종교가 아니다
마음이라는 이름은 누가 붙이고 있겠는가
하늘빛은 언제나 푸른빛이라는 걸로 알고
어디까지나 밝고 깨끗하게
푸른 잎으로 자라나는 게 아니겠는가

응당 햇살의 공양을 받아
가지란 가지 모두 하늘을 향하게 하고
가슴으로 나누어줄 수 있는 가지들을
날아드는 새들에게 분양해 놓은
나무는, 나에게 있어
경전처럼 도道를 이룬 채 아득하기만 하다

가장 먼저, 나에게 꼭 있어야 하는
나무숲 속으로 조금조금 들어설 때
그 곧고 고운 몸으로 나무는
지구의 중심, 나로부터
그 한가운데에서 자라나
더는 위없이 높은, 가장 큰 일탈逸脫

결코 변할 리 없는
본바탕 그대로 고스란히 하여
비바람 고이 맞아 몸을 씻는 걸 보면
뜨거운 번뇌로 불타오르는 듯한
내 발자국 소중할 수 있도록
정결한 옷으로 갈아입어야 했다

인연因緣

지난밤
하얀 박꽃에 쌓인
어둠을 풀어
흘러내리게 하고 싶다
가슴에 쌓인 혹惑한 마음들을
녹아내리게 하고 싶다
간밤의 어둠이 녹아 흘러
마침내 아침에 이르지 아니하는가

하얀 꽃잎에 쌓인
아침 이슬 방울방울
어찌할 수 없이
그 이슬에 젖어버린
대숲의 깊은 울음소리
무슨 의미인지도 모르는
평온함으로 돌아와
푸르게 맞고 있지 아니한가

세간世間

비 온 뒤에
누가 꽃을 심는가
바람 없는데
누가 꽃을 꺾는가

야생화 이름

야생화 이름
한 가지 외우기도
그리 녹록하지만은 않다

야생화 꽃집에 들러
보이는 대로 이름을 적고

한 포트씩 사다 심어놓고
도록圖錄과 마주하며
이름 외우기를 수십 번

단 하루 지나기 전에
야생화 이름은 사라진다

내 기억들이
손아귀 속인 바에야, 어찌
야생화가 쉽게 뿌리를 내려주랴

무슨 경전 구절 같은
그 이름, 휘황한 햇귀 같은

꽃잎

햇살 아래
눈부신 눈(雪)처럼
부글부글 끓던
양은 쟁개비*처럼

큰 산이
몸을 낮추어
허리 아래에 두른
그림자인 양

바람의
힘을 빌려
마른 풀 위에, 풀썩,
내려앉은 허상虛像

* 양은 쟁개비가 불에 올려놓자마자 끓다가는 내려놓으면 곧 식고 만다
  는 뜻으로 처음에 얼마간 부글부글 끓듯이 열성을 내다가 금방 식어
  버림을 비유적으로 이르는 말.

달빛

작은 풀잎에
내려앉은 달빛 하나와
거대한 연못에 내린 달빛이
무엇이 다른가

어디로든지 달빛은
그림자를 드리울 생각은 없고
연못은 달빛이 머물게 할
아무런 뜻도 없는데

헤아릴 수 없는
긴 세월을 수행하고 돌아온
보살처럼, 시방時方,
어둠을 아주 몰아내려는 것일까

바람이
잠자는 동안에도
깨어있는 달빛은 이미
연못 속에 깊이 잠겨있다

쌀

어둠 속에 있으면서도
어둠에 물들지 않고
눈부신 햇살을 만나고도
유혹되지 않고

천년이 지나도
싹을 틔우고
꽃을 피운다는 연꽃처럼
부드럽고 편안한 눈빛으로

머리 숙여 인사하듯
미소를 안겨 주는
소중한 보시행布施行 하나

남루의 길을 총총 걸어왔다

업보業報

된바람 속
잔뜩 찌푸린 하늘 아래
잎 다 진
감나무 가지 끝

까치밥도 되어보지 못한
홍시 하나

새까맣게 타버린 채
바짝 말라비틀어진
세월의
가슴 한 쪽

물방울 하나

오대산 상원사
가파른 돌계단을 오르는데
'번뇌가 사라지는 길'이란
글귀가 들어온다

문득 번뇌는
사라지기보다
쌓아가기가 쉽다는 생각

우람한 전나무에서
물방울 하나
소리 없이 떨어져
내 뒷덜미를 후려친다

반신욕半身浴 뒤에

반신욕으로 흘린 땀을 닦아내면서
거실의 거울 앞에 알몸으로 선다
목에 걸친 수건을 끌어내려
젖은 머리를 닦아내다 보니
문득 거울 속의 내가
거울 앞의 내가 아니라는 생각이 든다
반신욕 탕에 들어갔다가
반신욕 탕에서 나온 나
옷 벗은 채 보이는 알몸이지만
이토록 서로 다른 내가 존재하고 있을 줄이야
엉겹결에
거울 앞에서 내 좌측 눈을 찡긋하자
거울 속에서 내 우측 눈을 찡긋한다
갑자기 굳어버리는
내 모습
아무리 알몸이래도
거울 앞에서는 서로 다른 둘이 된 나
서둘러 두터운 속옷을 입고
거울 앞에서 물러나자
금방금방 뚫고 튀어나오는

내 알몸의 일부
손과 발과, 그리고 얼굴이
속옷보다도 더 두꺼운
살가죽을 뒤집어쓰고
천연스럽게 거울 앞에서 사라져버린다

열매 1

햇살과 함께
비바람과 함께
결코 잊을 수 없는
전혀 기억할 수 없는
가장 화려하고
가장 향기로운 순간의 심연

꽃은 끊임없이
제 몸을 소멸해 간다

결국 아무것도
하지도 못하고
하지도 않은 채
마침내 시방공*에 이른
가장 나중의 몸짓
꽃은 적멸의 몸 하나가 된다

* 시방공十方空: 불교에서, 아무것도 없이 텅 빈 시방세계를 말함.

비 갠 한낮

맹렬한 속도로
버스 한 대 지나간다

유리창에 튀기는
흙탕물

젊은 아낙이
옷을 털어대며

심한 욕설을
마구 퍼붓는다

버스는
지나가고

아무 일 없는
비 갠 한낮

제2부 조용한 마을

정기 검진

작년보다
키가 또 줄었다

해가
갈수록

발 디딘 흙이
더욱 가까워진다

열매 2

한 그루의 과일나무가
아무리 화사한 꽃잎을 달고
제 몸을 흔들어 보이더라도
결국 나무는 나무일 뿐이다

지니고 있던 꽃잎
한 잎 한 잎 털어내고 나면
스스로 감당하지 못하는 자리
열매를 키우며
등 굽혀 가는 과일나무일 뿐이다

과일나무 밑으로
등 굽은 노인이 지나고 있다
한때 가슴에 서려있던 아침 기운으로
홀씨처럼 세월을 날리던 자리
소금보다 눈부신 빛으로
세상을 호령하던 목소리는 어디 갔을까

문득 잘 익은 열매 하나
툭, 외마디 소리 하며 떨어진다

잘 익으면 익을수록
제 스스로 떨어지는 열매
이제는 하얗게 울어대는
꽃술 하나 보이지 않고
과일빛으로 물들어 가던 노을이
노인의 굽은 등 위로
두텁게 쌓여만 간다

이른 아침

이른 아침, 대숲
참새 떼 우짖는 소리에
단잠에서 깨어나도
짜증 부릴 수는 없다

그 시끄러움에
잠시 두 손을 올려
두 귀를 막고
고개를 돌리다가도

어느 사이
고개를 되돌리며
휩쓸리다 보면, 절로
게츠름한* 가슴이 풀어지고 만다

대숲도 그렇다
맑은 날,
작은 바람결에 수없이
흔들리고 있는 걸 보면

천지간에 참새 떼 소리
사방에 생기 철철 넘치고
무심히 듣다가 새삼스럽게
삶에 대한 고마움이 새로워지면

잎 잎에 내린
아침 햇살 줄기에 젖어
짐 지워진 일체의 무게에
헤살대는 잎에도 정情이 간다

댓잎 가득한 햇살 사이
제 몸짓 제 소리로
우짖는 참새 떼 소리에
푸른 하늘빛이 와르르 번진다

* 게츠름하다: 게슴츠레하다. '정기가 없어 흐리멍덩하고 거의 감길 듯
  가늘다'의 충남 서천 지방의 사투리.

기다란 오후

능소화 한 송이
파란 펜스를 뚫고
한길로 나왔다

감나무
가지 하나
그늘을 만들고

기다란 오후
버스가 지날 때
가지를 마구 흔들었다

능소화
한 송이
통째로 떨어지고

감나무에서
땡감 하나가, 문득
툭, 떨어졌다

방금
버스에서 내린
허리 굽은 할머니 한 분

한참을
그늘에 앉았다
힘없이 일어섰다

거리에서

불빛 어두운
거리

문득
젊은 시절 아내 얼굴이
보였다

한바탕 다툼에서
벗어난 뒤
빛이 된 어둠

거리의 불빛이
서서히 갖추어졌다

버스 정류장에서

도시가 아스라이 보이는 농촌, 저물 무렵에 백발 할머니 한 분이 버스 출구 계단에서 한 손에 작은 보따리를 들고 다른 한 손에 지팡이를 짚고 천천히 내려오고 있었습니다 버스 안에서는 할머니 뒤를 이어 승객들이 느린 발걸음을 하고 있었습니다 버스 기사는 처음부터 백미러 속의 할머니를 바라보고 있었습니다 맨 앞에서 내린 중년 남자 한 분이 문득 뒤돌아 바라보더니 할머니로부터 보따리부터 받아들고 부축하여 내려드렸습니다

버스 정류장에서는 이미 반백의 아주머니 한 분이 서있었습니다 아주머니는 먼저 중년 남자로부터 한 손으로 보따리를 받아 들고 다른 한 손으로는 할머니의 몸을 잡았습니다. 그러고는 중년 남자를 향하여 고개를, 끄떡, 하였습니다. 할머니가 보도 위에서 머뭇거리자 아주머니는 버스를 향하여 또 고개를, 끄떡, 하였습니다 버스 기사가 입가에 웃음을 머금고 고개를, 끄떡, 하였습니다 그제서야 할머니는 발걸음을 떼기 시작하였습니다.

곧이어 할머니가 내린 버스는 멀리 라이트를 비추었습니다. 도로 아래 논에서 가을맞이 황금빛 벼 이삭들이 고개를 숙이고 있었습니다 멀리 어두워가던 도시의 하늘이 조금조금 환해지고 있었습니다

시간은 굴뚝 연기처럼 피어오른다

시간은 굴뚝
연기처럼 피어오른다
하늘 가까이에 이르다가
마침내 멀어지면서
시간은 아예
꼬리조차 보이지 않는다

아내는 아침저녁으로
아궁이에 불을 지피고
어느 날인가 나는
굴뚝 청소부를 부르려고
밖으로 나갔다
그 뒤로부터 시간은 더욱 가속하여
하늘로 치솟아 올랐다

이제부터는 시간이
내 두 눈의 품 안으로 끼어들 때
날마다 굴뚝 청소를 외쳐대는
시간은 굴뚝과
깊은 관계가 있는 것처럼
하늘 높이 사라져버린다

통로

아파트 전체가
크게 울린다
어느 층에선가 콘크리트 벽에
구멍을 뚫는 소리다

얼굴을 보지 않아도
마주치지 않아도
서로를 서로가 알 수 있는
아파트의 통로

서로서로 이렇게,
뚫렸다는 것이
통로가 있다는 것이
이리도 좋은 것이로구나

마주 보고 서로 마주치며
영원한 소통의 경지에 이르도록
하나의 통로를 통하여
고성高聲이 오고 갔다

잠깐!

굽은 길도
가속하면 곧게 보인다
과속으로 가는 길에는
굽이가 없다

국도 4차선 가운데로는 황색 쌍선
넘보지 말라는 엄중한 경고다
외면한 채 앞으로만 달린다
일단 감시 카메라의 눈길을 피하고
속도를 높인다
황색 쌍선이
달리는 차바퀴 속으로 빨려 든다
굽은 길이 곧게 펴지면서
앞으로 가는 길에는
좌우가 없다

과속으로 달리는
굽이는 곧은길이 된다
잠깐! 길을 건너던 등 굽은 노인이
보이지 않는다 백미러 속으로

낡은 집 한 채
급하게 사라져가고 있다

걸레질을 하며

햇살 맑은 날 아침
아이들이 집을 비워 주자
아내와 난 집 안을 정리한다

아내는
찬장 빈 그릇을 정리하고
나는 찬물에 걸레를 빨아
무릎을 굽힌 채로
아이들의 빈자리를 닦는다

그 옛날 누군가는
밝은 달을 보고 깨닫기도 하며,
혹은 새벽 종소리를 듣고
먼 마을의 닭 우는 소리를 듣고
깨닫기도 하였다는데,

요행히
간밤을 살아 왔으니
오늘은 어떤 근심도 없게 하리라
전날보다 더 지극한 마음으로

평온을 닦아내고 보면

아이들이 비워 준
집, 많은 햇살들이 줄줄이
염주 알 꿴 줄의 믿음처럼
그동안 수없이 내린 그늘이
언뜻 후광後光 같은 빛으로 보인다

해수욕장에서

바다는 끝을 보이지 않는다
도대체 저 보이지 않는 바다의 끝은 어디지?

수많은 사람들이 바다의 끝을 찾아
바다에 뛰어들었다가
괴로움도 없이 수없이 변화하고
끊임없이 변화하는 모습으로
밀려오는 파도에 묻혀 마냥 함성이다

그러다가
하나씩 바다를 머리에 이고
몸을 꺼내 놓는다
뭍으로 나와 몸을 둘러싼 바다를 쏟아 내린다
그러나 뭍에 쏟아부은 바다는 아무런 흔적이 없다

사람들에겐
불안이나 괴로움으로 나타나는 것도 없다
무상함으로 생겨난 변화
그러나 어찌 항상恒常할 수 있겠는가?

한사람이뛰어들고다른사람도뛰어나오고또한사람이뛰
어들고또다른사람도뛰어나오고여자들이뛰어들고남자들도
뛰어나오고먼지없는바닷바람이불고먼지있는뭍바람도불고
찬바람이불고더운바람도불고작은바람이불고큰바람도부는
바닷가 해수욕장에서

　　사람들은 바다에서 뭍으로
　　몸을 끄집어 놓는다
　　그러면서도 사람들은
　　바다의 끝이 바로 뭍이란 걸 아무도 모른다

조용한 마을

뜰보리수 나무에 붉은 보리수가 무진장 열렸습니다 그러나 붉은 보리수를 누구 하나 따 먹으려 하지 않습니다 통학 버스에서 내려 초등학교 꼬맹이 두엇이 철대문 안으로 살짝 고개를 드밉니다 나는 반가워서 들어오라고 손짓을 했습니다 머뭇거리다 안으로 들어왔습니다 참 반가운 손님이었습니다 서울에 사는 손주들 말고는 산애재蒜艾齋*에서는 처음으로 맞이하는 꼬맹이 손님이었습니다 나는 붉게 익은 보리수나무를 가리키며 붉은 보리수를 마음껏 따 먹으라고 하였습니다 그러나 꼬맹이들은 몇 개 따서 입안에 넣더니 오물오물하다가 마지못해 삼켰습니다 그러고는 더 이상 따 먹을 생각을 아니했습니다 멋쩍은 듯 나를 바라보더니 슬금슬금 뒷걸음질 치듯 철대문 밖으로 사라졌습니다

조용한 마을, 보리수나무가 무더기로 흰 꽃을 피운 자리에서 파란 열매를 내밀더니 이제는 붉게 익혀 가는 마을입니다 누구 하나 거들떠보지 않는 보리수 열매만이 저 홀로 얼굴을 붉히다가, 툭, 툭, 떨어지는 조용한 마을입니다 어릴 적 채마밭 울타리 사이 어쩌다 보이는 한두 개 붉은 보리수열매를 따다가 소중한 얼굴을 긁히게 했던 그 보리수가 주절주절 열려 있는데도 누구 하나 거들떠보지도 않는

조용한 마을입니다

　늦잠을 즐기는 아침입니다 창문 밖으로는 이미 아침 햇
살이 가득합니다 그러나 그뿐이 아닙니다 갑자기 시끄러웠
습니다 도대체 무슨 일일까? 창문을 열어젖히니, 아, 이름
모를 새들이 너도나도 한꺼번에 날아와 뜰보리수 나무 가지
가지마다에 잘 익은 보리수 열매처럼 매달려 있습니다 신나
게 소리치며 붉은 보리수 열매를 쪼아댔습니다 지나는 꼬맹
이들이 비워놓은 산애재는 어느덧 반가운 새 손님들로 가득
찼습니다 도대체 무슨 새일까? 잘은 모르지만 박새 곤줄박
이 동고비 직박구리 방울새 딱새 같은 텃새들뿐만이 아니라
휘파람새 찌르레기 밀화부리 할미새 개개비 여름새들도 한
꺼번에 우르르 날아왔는가 봅니다 반갑기 이를 데 없었습니
다 너무 반가워서 카메라를 들고 밖으로 나갔습니다 뜰보리
수 나무에 몰려든 새들을 오래 간직하고 싶어서였습니다 그
러나 카메라를 들이대자 새들은 순식간에 일제히 날아가 버
렸습니다 다시 마을은 조용해졌습니다

　＊ 산애재蒜艾齋: 필자의 고향 집 당호堂號.

그릇들

아내는
크고 작은 그릇을
아침 햇살 아래
펼쳐놓았다

한낮이 지난 다음
아내는 다시
물기 마른 그릇을
거두기 시작했다

가장 큰 그릇 속에
작은 그릇을, 작은 그릇 속에
더 작은 그릇을…… 차츰 작아지는 그릇이
크기에 따라 안겨지자

가장 나아중
포근히 안긴
제일로 작은 그릇 속에
햇살 가득 넘치도록 담겼다

백자청화 초화문 요강에 부쳐

어머니 가신 지 십수 년
고향으로 가는 밤길이었다
달은 높이 뜬
한발 앞선 동행의 혈족
구름 속에 포근히 안겼다
구렁목을 넘어서자
낯익은 옆집 개가 먼저
하늘 향해 컹컹 짖어댔다
울안의 귀뚜라미 떼가
일제히 울어대면서
사립문 밖에까지 마중해 주었다
그러나 뜨락은 여전한 고요,
어디서엔가
어머니의 목소리가 들려왔다
"애야, 이제사 오니?"
문득 구름 뒤의 달이 나왔다
마루 한쪽에 밀쳐진
백자청화 초화문 요강 한 분
온몸으로 끌어안은 달빛이
토방 아래에까지 내려왔다
고향 집 울안 가득 철철 넘쳐 났다

돼지가 웃었다

살아서는 하늘을 볼 수 없는
돼지는 하늘 한번 보기가
평생 소원이었는지라
목숨을 버려서야 목욕재계하고
온몸을 누인 채
비로소 하늘을 보았다

돼지는 입만 슬쩍 벌리고 헤헤헤 웃었다

살아생전 웃을 일 전혀 없었던
돼지는 몸통마저 버린 채
머리만으로 높은 상에 올라앉으니
사람들은 저승 갈 노자까지
입에 물려 주며
두 손 모아 큰절을 하였다

돼지는 소리 없이 크게 흐흐흐 웃어댔다

* 돼지는 목이 땅을 향하고 있어 기껏 높이 들어 봤자 45도밖에 들 수
  없기 때문에 하늘을 올려다 볼 수 없다고 한다. 그런 돼지가 하늘을
  볼 수 있을 때는 오직 넘어졌을 때라고 한다.

찜찜한 외출

외출을 하려고
현관문을 나서다가
휴대폰을 놓고 나왔다는 걸 알았다
옷을 갈아입는 통에
지갑을 놓고 왔다는 걸 알고
다시 엘리베이터를 타고 올라와
낯익은 초인종을 급하게 눌러댔다
이제는 망각도
익숙해지고 솜씨 좋아진 나이
무더운 날씨, 한참을 걷다가
이마에 땀방울이 솟는다 했더니
오른쪽 바지 속에
손수건이 없다는 것을 알았다
포기해도 좋을 만큼 멀리
집으로부터 벗어난 거리를 깨닫고
찜찜한 외출을 비로소 마무리했다

빈자리

잡초를 뽑아내자
아무것도 보이지 않는
빈자리가 새로 생겨났다

그러나
뒤돌아서자마자
잡초는 여전히 돋아났다

낮은 숨소리
작은 몸짓 한 번
잠시 휴식으로 취할 뿐

어리석은 사람은
허리를 펴고 나서
빈자리로만 바라보지만

비가 내려
땅 촉촉이 적시고
바람 걸림 없이 드나들고

잡초는 잡초끼리
서로서로 앞다투듯
내친걸음으로 자라났다

잡초 뽑히고
새로 생겨난 빈자리
햇살은 다름없이 쏟아졌다

팽이를 치면서

그는 변태였다
순도 99%가 아니라 100% 완전한 변태였다
그도 그럴 것이 채찍으로
온몸을 두들겨 맞으면서 몸을 세우다니
꼿꼿한 뿌리로 한 구멍을 파면서 살아나다니
그렇게 두들겨 맞으면서
상처 하나 젖지 않는 몸뚱이
태어날 때부터 변태인 그는
두들겨 맞으면서 발기하는 쾌감으로
한 구멍을 찾아 꽂는
그 꼿꼿한 뿌리 하나로 세상을 버티면서
백절불굴의 지조를 가졌다

그러나 팔자를 그리로 태어난 탓일까
천둥이 우릉우릉 울던 날
마른번개로 맵게 차이고 두들겨 맞다가
제 구멍에서 쫓기듯 빠져나와
다른 구멍을 파야 했다
오직 한 구멍만으로 다시
뿌리를 드미는 꼿꼿한 변태

온기는 싫어, 냉냉한 냉기가 성낼수록
냉기가 찌든 조선조 당쟁 속에서도
변태는 더욱 올곧게 자라
두들겨 맞으면서 자신을 탁마해 온 선비
100% 위대한 선비로 자라난 변태는
태어나면서부터 꼿꼿이 제 몸을 세워 살았다

제3부 빈집 감나무

비로소

그늘에
들어서야

악착같이
따라다니던

내 그림자를
지울 수 있었다

객쩍은 잠

세상이 모두
잠들어 있을 때
바람 또한 냉기로 휩싸여 있을 때

가장 지혜로운 객기客氣를 부릴 수 있을까

우듬지도
흐르는 구름도
발끝에 밟히게 할 수는 없을까

쨍한 대낮에도
세상이 전혀 보이지 않는
동굴 속 깊은 어둠

박쥐 떼
하늘에 매달려
객쩍은 잠을 즐기고 있다

양파를 까며

안에서도
얻는 바가 없고
밖으로 구하는 것이 없다

안으로 들수록
눈부시게 빛나는
하이얀 속살

안에서 얻어
밖으로 구하는 세상
모두 얻고 있었다

입춘立春 날에

사는 게
별게 아니라고
흔히들 말하곤 하는데
그 말은 사실
적극적이라기보다는
소극적임을 부인할 수가 없다
봄눈 녹아내릴 때
울 일도 웃을 일도 잊어가며
한 줌 쌀 속의 뉘를 고르듯
두 눈 가늘게 뜨며
먼 산을 바라보는 게
실은 얼마나 소극적인 일인가

복福이 다한 사람도
다시 태어나고 싶은 날

안부

결국
내려오고야 말 것을

왜 굳이
올라가고 말았을까

산에서
내려온 이후

산의 안부가
더욱 더 궁금해졌다

빈집 감나무

감나무는 선 자리를
떠나지 않는다, 빈집 아닌
뿌리 내리지 않은 곳은
결코 엿보려 하지 않는다

풀풀 낙엽이 구르는 빈 마당가
제멋대로 삶을 이어가는 잡초와 함께

어리석음과 깨달음은
천양지차라지만, 감나무는
깨달음을 얻으려
동구 밖을 엿보지 않는다

애써 지나치지 않고
웃고 기쁨으로
마음을 채우려 하지 않으며
빈집을 지켜가는 일

집을 떠난 주인의 발자국은
이미 지워져 있고

지워져 채워가는 풋감
한 알 두 알…… 믿지 않아도
좋은 한세월인 양, 감나무는
허공에 뜬 구름을 바라본다

살

보이지 않는 곳에
뼈를 품고
보이는 것이 살이다

삶과 죽음의 경계*

날을 세운
푸른 심줄을 따라
붉은 피, 뜨겁게 흐른다

• 경계境界: 인과응보의 이치에 따라 자기가 놓이게 되는 처지.

쳇바퀴 돌리기

골짜기를 걷는다
발자국 소리가
있는 것 같으면서
전혀 들리지도 않는다
골짜기에는 지금
처음도 없고
끝도 없다
아무리 걸어도
골짜기는
줄어들지 않는다

그 골짜기에는
오르는 길이 없으니
내리는 길도 없다

틈 1

보도블록
사이, 틈이 생기자

민들레꽃
한 송이 피어났다

사람과 사람
사이에는
틈이 보이지 않는다

사람 사이
민들레 꽃씨는
바람에 날리지 않는다

틈 2

보도블록 틈으로
뻗어 자라난 잔디

한여름 뙤약볕의
복사열이 사라졌다

잔디는 그냥
이유 없이 자란 게 아니었구나

무서리 내리던 날

이른 아침
누가 갈대밭을 지나겠는가
갈대밭 사이로는
낯선 발자국 하나 없다
갈대만이 쭈욱 줄지어 서있다
갈대밭의 갈대는
제 길을 가는 발걸음에는
몸을 눕혀 길을 내주곤 했다
그러나
무서리 내리던 날
갈대는 머리채부터 흔들어댔다
길에도 미련이 남아있지 않은
갈대의 흔들림은
환상적이라 말할 수 없다
바람과 더불어
바람의 일부가 되어
흘러가지 못한 서러움이
강물처럼 덧없이 흐르다 보면
머리 위 하얗게 쌓인 무서리에도
비로소 온기가 돌아

갈대는 영혼까지 드러내면서
제 몸을 흔들어댄다

누가 갈대밭을 지나는가
갈대 사이로는
낯선 발자국은 보이지 않는다
흐르는 강물을
거슬러 오르는 바람
자취 하나 남기지 않은 채
소리 없이 무서리를 녹여 버리고
갈대밭에서 사뭇 헤살대고 있다

빈집

이른 아침
기울어진 사립문
좌우 기둥 사이로
거미줄을 치고
일체 출입을 통제했다

왁자해진 사립문 안
망초 바랭이 명아주 벼룩나물 새포아풀 쇠뜨기 쇠비름 여
뀌 토끼풀 방동사니…… 온갖
잡초들의
완전한 자유

거미줄에
햇살이 쏟아져
찬란히 빛나고 있었다

하산下山을 하며

흐린 물은
멈춰야 맑아진다
온 세상이 비춰온다

물낯에는
하늘이 내려앉고
절집 잠잠히 가라앉고

제멋대로
흐르다가 멈춘
깊은 가슴속 물줄기

맑던 두 눈이
왜 이리도 갑자기
자꾸만 흐려지는 것일까

오는 걸음
가는 걸음도 아닌
나의 길에는 길이 없다

와니스varnish*의 시대

안으로는 얻을 바가 없고
밖으로는 구하는 것이 없을 때
중용지도中庸之道는 곧 와니스의 시대를 맞는다

　창고에 처박혀 있는 와니스의 몸은 굳어질 대로 굳어져
이제 폐기 처분 당할 일만 남아있다 봄꽃이 봄철을 지나면
그만 봉오리조차 맺지 못하다 사라지듯 살아가기 적절한 장
소와 시간 사이에서 몸을 바로 세우지 못한 탓이다 민둥산
에 올라 세상을 굽어보듯 치밀하고 견고한 망을 만들어내
지 못하고 몸의 수분을 조근조근 강탈당하고 만 와니스 탈
진할 대로 탈진한 몸은 사막에 버려져도 그대로는 독수리밥
에도 미치지 못한다 모래바람이 휑휑 불어대는 사막 한가운
데 주검도 무용하면 온몸에 선인장 가시 같은 게 돋아날지
니 숲속에서 수명을 다한 뒤에야 쓰러져 비바람에 삭아가는
고목의 삶이 오히려 부럽다 고체로 변하는 시간이나 장소를
만나지 못한 와니스는 어두룩한 창고의 한 모퉁이에서 중
용지도를 꿈꾸고 있다 바야흐로 오늘날은 와니스의 시대다

　시간이 오래오래 흘러 온갖 소음이 깨끗이 사라졌을 때
　항상 흐르고 있던 침묵으로 내부를 가득 채우고 나면

와니스는 비로소 푸른 초원에 서게 된다

* 와니스varnish: 광택이 있는 투명한 피막을 형성하는 도료.

쓴맛 단맛

길가에
피어있는 꽃이
너무나도 예쁘다

거기에
온몸이 멀어버린
눈(目)일 때

어떻게 하면
나를 가장 소중하게
할 수 있을까

마음 밖의
사랑처럼, 쓴맛 단맛,
전혀 나무랄 데 없는 몸짓

중요한 것은
마음으로 헤는 일
또렷이 보이니 더 예쁘다

고목枯木

흰 나무는 죽어서야
꼿꼿이 선다
한때
바람과 마주하던
오만의 잔가지를 모두 버리고
된바람 쉬이 지나도록
이제는 빈 몸통 하나
가진 것 없어서
가벼워진 몸으로
속을 다 비우고
푸르러진 대나무 숲 가운데
숨어들어
나무는 결국
죽어서야 몸을 세운다

소나기가 지난 뒤

지렁이 한 마리
한길로 나와
말라 죽어있었는데

한참 후에
되돌아와 보니
사라지고 없어졌다

바람이
우듬지에
한참이나 지났는데

바람은 떨어진 잎에
머물지 아니하고
보이지도 아니했다

누가
언제 어디서
무엇을, 왜, 어떻게

애초부터
지상에 남겨진 것이란
아무것도 없었다

겨울 산행山行

햇볕 좋은 날
산에 올랐다

늙고 병들고
죽어가는 일도 아닌데

나무들은
매운바람을 견디며
몇 남은 잎들마저도
내던지고 있었다

마음 한번 바꾸어
하심下心이라도 하려는 것일까

골짜기에는
내리는 물 한 방울 없고
떨어진 잎들만
수북이 쌓여 있고

절집에 들자

가장 먼저 맞아주는
목어 한 마리
울음도 잊은 채로
알몸을 보이고 있었다

햇살 기울 무렵
산으로부터 슬금슬금 내려왔다

제4부 풀씨 한 알

눈 쌓인 날에

그녀의 손은
뽀얗다, 흙을 잡으려면
모든 것이 흙이 될 수 있다
두 손 모두 그냥 뽀얗다

그 뽀얀 손에서도
뜨겁고도 붉은, 그러나
피가 솟아오를 것이다
손등의 실핏줄은 푸르다

뽀얀 손을 보며
마음 한 켠에 불을 켜고
머언 숨소리까지 듣고 보면
무엇인가 알아차릴 수 있을까

깊이 잠들었던
겨울의 빈 산촌에는
아마도 봄이 올 것이다
귀와 눈이 살아있는
그녀의 손은 더욱 하얗다

태산목꽃 피던 날

태산목 하얀 꽃을
그리도 덩달아 좋아하더니
무슨 까닭으로 돌아간 것일까요
아침에 불던 맑은 바람처럼
눈부신 햇살 품은 이슬처럼
잘 웃던 웃음조차
함께 사라져버린 오후
텅 빈 뜨락에 서서
태산목꽃 홀로 피고 있으니
차라리 그 향기에나 묻혀야겠네요
장지문으로 다가서는
한낮의 허기진 구름 무리
웃다 울다 지쳐버린 눈물 자죽처럼
메말라 붙어버린 가슴속 아픔을
한 올 한 올 꺼내 보아도 되겠지만
이제는 정말
싸늘히 아름다워지던
뒷모습이나 그려볼 수밖에 없네요
향기 아슴아슴 피워 올리는 태산목
꽃잎 하나둘 떨어지기 시작하면

젖은 눈조차 감은 채로
저절로 자라나는 슬픔이나
아낄 대로 아껴가며 살아야겠네요

노을 앞에서

아직도
서러운 이별 이야기를
차마 말할 수 없을 때
스스로 가슴 깊이
가라앉힐 수밖에 없을 때

구름이 흘러
산마루로 오르며 내리며
비로소
하늘 아래임을 알았을 때

어제와 내일을
생각지 아니하면
존재하는 것은 오직 지금뿐
시간은 바람에 흐르지 않는 것

단정한 자세로
허리를 곧게 펴고
공손한 자세로 정면에서
약간, 아래쪽에 마음을 두어야 한다

아직도
말하지 못한 나에게
숨 막히는 이별의 이야기란
하늘 아래 살고 있는 탓일 터
살며시 자리 잡고 침묵해야 한다

시의 향기

물소리를
따라가셨을까
아니면 빈 손으로
하늘의 흰 구름이 되셨을까

한 다리로
홀로 서계셨다가
이삭을 주워 모아
빈집을 지키시다가

버들강아지
봄눈 뜨는 날을 넘기시고
한여름 초록빛에 기대어
바람, 만지작거리시다가

살아온
모든 매듭을 풀며
잡은 손 슬며시 놓으시며
조금은 쓸쓸하고 싶으셨을까

가진 것
하낫도 없으신데
그래도 당신의 손을 빌려
남은 것 모두 버리고 싶으셨을까

이제라도 바로
등나무 아래에서 서고 싶다
남겨 놓으신 시의 향기
아, 우봉又峰 임강빈 선생님

* 임강빈 선생님의 시집 제목을 중심으로 한 편의 시를 엮어 삼가 임
  강빈 영전에 올리면서 명복을 비옵니다.

연꽃 사랑

진흙물 속에
깊이 빠져있어도
아픔에 젖어들지 않고

뭇사람의 눈과
하늘의 눈을 거울삼아

어둠을 오면
두려움에서가 아니라
알고 깨달은 지혜로움으로

꽃잎을 닫고
향기를 모아가는

내 사랑아
분별할 수 없는 인연因緣
진여眞如한 내 사랑아

항아리

사랑하면서도
요즈음, 얼굴 한 번
본 적도 없고
거처도 모르는데

마음에는 항상
과거나 미래에 살아있는 것

아무리
비워 놓아도
지금은 부서질 듯
울림이 더욱더 크다

문[門]

나의
문이 열리자
너의 문도 열린다

보이지 않는 궤도를 따라
헉헉 숨찬 발걸음으로
내처 하루를 달려오다가
자꾸만 무슨 말이든
하고 싶어질 때마다

행복은 결국
남에게 주어서
나에게 돌아올 때 느끼는
보람 같은 것
숱한 통제를 받지 않아도 되는데

그리도 잘 열리던
너와 나의 문이 어찌
이리도 쉽게 닫혀 버렸는가
오직 나에게 주어진

24시간이란, 어제도 오늘도 내일도
똑같이 너와 나에게 주어지는데

발걸음의 자취가
아무리 선명하다더라도
마음까지 보여 줄 수는 없구나
나의 문은 열려 있고
닫혀 버린 너의 문은 끝내 여전하다

거울

나를
만날 수도
바라볼 수도 있을 것이다
설사 서로 무척이나 닮았더라도
서로 간에 어떤 복을
얼마만큼이나 주고받을 수 있겠는가

자세히 생각하고
깊이 믿고 즐거운
마음을 내어
내가 나에 의하여
마음을 빚어낼 수 있다면
헤아리고 일컬을 것이 어찌 있겠는가

밝음으로 어둠을 드러내고,
어둠으로 밝음을 나타내는 동안
본래 땅이 있으므로
씨 뿌리면 꽃이 피어나는 것
본디 바람 없는 곳에서는
작은 잎 하나 하늘거릴 수 없다

오고 가는 길
인연하는 일이란, 무의식으로
나를 풀어낼 수 있는
확실한 의식, 아슴한* 빛이 되는 것
나의 두 눈에는 항상
내 얼굴보다 너의 얼굴이 먼저 보인다

* 아슴하다: 아슴푸레하다. (일 따위가) 기억이 또렷하지 않고 조금
  희미하다.

허기虛飢

오랜 그리움 끝에
꿈속에서 너를 기다렸지만

밤인지 낮인지
알지 못하고,
안인지 밖인지도 몰랐다

머언 길을 걸어
꿈속에서 너를 만났지만

어둠이었거나
벽에 막혀 있어
만나지 못한 것도 몰랐다

너와 함께 꿈속에서
향기로운 음식을 먹었지만

깨어난 다음에야
일체는 꿈과 같아서
배고픔까지도 전혀 몰랐다

비 그친 뒤

오랜 비
마침내
오늘에사 개었다

가진 것
하나 없이
탁 트인 하늘인데

내 사랑
흘러넘치는
푸른 물결 흰 구름아

가을 길을 걸으며

가을 길을 걸으며
너와 나 사이의 거리를
다시 한번 돌아보고 싶다

내를 건너
비탈진 산 녘에 이르면
보잘것없는 이야기 하나에도
가을 물처럼 온 바닥을 다 보이는데

그리움이란
아무렇지도 않은 일까지도
크나큰 기억으로 살아나는 아픔 같은 것

있는 그대로
멈추게 하고 싶은 바람은
한 잎 두 잎, 지는 낙엽을 몰며
어디로 향하고 있는 것일까

가을 길을 걸으며
그냥 머물러있어야 할
너와 나의 자리를 알아보고 싶다

홍시紅柿

살아가고 있다는 것은
즐거운 일이다
살아있다는 것은
더욱 즐거운 일이다

따가운 햇살의 한여름은 가고
또다시 차운 바람이 오는 동안
살아가고 살아있는
이 가을

하늘 한가운데에
빈 하늘을 붉게 밝히며
살아가고 있다는 것은
살아있다는 증거가 된다

마침내 떠나버린 너와
함께하지 않은 피눈물 몇 방울
우듬지 끝에서 홀로
하루를 무사히 넘길 수 있다는 건
살아가고 살아있다는 것이다

풀씨 한 알

아침 햇살이
가슴으로 번지기 시작하면
나는 네 발걸음에 밟히는
풀씨 한 알이고 싶다

축축한 흙 속에
조근조근 뿌리를 내려
봄 여름 가을 겨울을 지켜나가고
다시 넝쿨로 번지어
너의 가슴을 감싸고 싶다

자칫 한삼 넝쿨처럼 되어
너의 아픔일 즈음이면
박주가리 같은 흰 젖을 물리고
포근히 감싸 안았다가
다시 기도하듯 날리고 싶은
씨알 하나

내 마음을 내기 전
혹시라도 겨울이 온다면

내 안에서 한 치도 벗어날 수 없는
뿌리와 싹이 그대로 한 몸
깡마른 풀씨 한 알이고 싶다

가을꽃

철들기
전에

꽃부터
피우고

서둘러
씨알을 맺는

뜨거운
풋사랑

밤 보리밭

그 나라의 달밤에는
눈물이 없다

보리 움트는
차가운 밤 보리밭

한 생각 놓고
돌리면

그 나라의 사랑에는
이별도 없다

늦가을 오후
―조식曺植의 「칠보시七步詩」에 부쳐

콩깍지를
태워
메주를 쑨다

조식이
울어
살아남은

늦가을 오후

---

* 조식曺植의 칠보시七步詩
  자두연두익煮豆燃豆萁 (콩을 삶는데 콩대를 베어 때니)
  두재부중읍豆在釜中泣 (솥 안에 있는 콩이 눈물을 흘리네)
  본시동근생本是同根生 (본디 같은 뿌리에서 태어났는데)
  상전하태급相煎何太急 (어찌 그리도 세차게 삶아대는가)
  ―조식은 조조의 셋째 아들로, 왕위를 계승한 형 조비가 미워하여 칠
    보七步(일곱 걸음) 동안에 시를 짓지 못하면 중벌을 내리겠다고 하자
    칠보 동안에 지은 시.

복수초

너와 나
끝내 어긋장이더니
과거를 받아들이지 않는 자리
미래가 없다
이제부터 너에게 미칠 일만 남았다
아픔으로 서걱이며
선 채로 생각을 키워가며
살아가야 하는 나날
옹크린 꽃잎을 펼치자마자
짙은 향기가
울려 퍼져 나왔다

가을로 가는 길

1.
나 홀로 살아가는 건
즐거운 일이다
새도 바람도,
얼굴을 스치며 지나가는
옛사랑의 모습도 외면한 채
전혀, 나 홀로 살아가는 것은
아름다운 일이다
옆 사람도 앞 사람도
그냥 그렇게 모르는 채
그렇게 살아간다는 것
정말로 가볍고 가뿐한 일이다

너는 너처럼
나는 나처럼, 그렇게
살아가는 것처럼 기쁜 일이
이 세상 어디엔들 있으랴

2.
바람은 홀로였다

바람은 홀로 사랑했다
홀로이되 홀로여서
아무런 흔적을 가지지 않았다

3.
홀로임을 서러워 말자
홀로를 외로움이라 생각는 걸
부끄러워하자, 내 홀로
내 부끄러움을 바로 알기로 하자

4.
나는 나, 너는 너
홀로 살아가는 게 자랑스럽다
너는 네 홀로, 나는 내 홀로
한 발짝 떼어놓고 살아가는 것
길을 가다 넘어지면
그 땅을 짚고 일어나는 일

봄이 오고
여름이 그 너머에서 오고

보이지 않는 가을도 오는데
허우적거리며 일어나고 있는 이 허공
우듬지 사이 홀로 맺히는 게
열매일 수 있지 아니한가

5.
바람이 부는 걸
탓할 일이 아니다
바람은 바람이어서
제 타고난 결로 스치어 지날 뿐
지나면서 홀로임을 확인하는
시간을 누리고 있을 뿐

홀로임을 아는
바람은
오늘도 불고
내일도 불고
모레도 불 것이다

홀로이어서

발자국 하나 없는 바람

6.
홀로 살아감은
언제나 넉넉하다
그러나 다만
가을처럼
열매이어서는 아니 된다
가을은 가을일 뿐
그 이상 어떤 열매도 아니다

7.
가을 앞에서
가을을 말하지 말 일이다
가을은
스스로 스스로를
가을이라 말하지 않는다
스스로가 가을이라고 말할 때
가을의 무게는
이미 가을을 잃게 된다

오, 가을은
가을임을 스스로 말하지 않는다
다만
차가운 양철 지붕 위로
시멘트 바닥 위로
열매 하나하나씩
투욱 투욱 툭
그 무게를 떨어뜨리고 있을 뿐

8.
사람아,
멀리 있는 사람아
사람과 사람 사이
홀로가 있다
아무리 소리 하여도
사람 사이는 비어있을 뿐이다

9.
가을로 가는 길은
나 홀로 찾아 나서기로 한다

홀로 가는 길 위에
그림자 하나
발자국 하나
홀로이게 한다

사랑도 미움도
더더구나
슬픔이 홀로일 때는
얼마나 깊이 할 수 있겠는가

10.
하루가 가고,
또 하루가 가고,
봄여름이 가고,
그리고 마침내
가을로 가는 길.
홀로, 그렇게 무게를 버리며
살아가는 길
홀로란 곁에 무관無關하는 일이다

인연의 힘으로

차성환(시인, 문학박사)

　　구재기 시인은 불교적 사유를 기반으로 세상을 바라보며 사물의 진리를 꿰뚫어 보는 자이다. 그렇다고 그의 시가 탈속脫俗의 세계에만 머물러있다는 뜻이 아니다. 생성과 소멸, 삶과 죽음이 무한히 반복하는 이 세계의 한가운데에서 우리 존재가 가진 의미를 밝히 드러내 보이려 한다. 그가 볼 때 이 삼라만상森羅萬象을 움직이는 힘은 '인연因緣'에 있다. 이를 깨닫기 위해서는 그가 걸어온 수행의 길을 들여다볼 필요가 있다.

　　돌은 제 고요로
　　움직이지 않는다

　　상호相好에 빛이 감돌아

돌은 살아있지도 않으며
죽어있지도 않는다

들으려 하여도
들을 수 없는
보려 하여도 볼 수 없는

하늘과 땅 사이
채우려 하여도 채울 수 없는
깊은 침묵에 싸여 있다

문득
허공으로부터
소리 없는 음악이 들려온다

—「돌부처」전문

　"돌부처"처럼 단단하고 우직한 시이다. 석공石工이 정으
로 돌을 쪼아 부처를 만들어내는 것처럼 시인詩人은 갈고닦
은 언어로 "돌부처"를 조각해 낸다. 마치 시인은 "돌부처"
를 마주한 채 홀로 정좌正坐를 하는 듯 돌부처가 품은 "고요"
와 "침묵"을 형형한 눈으로 들여다보고 있다. 그것은 비단
"돌부처"를 바라보는 행위에 그치지 않고 자기 존재의 내면
을 응시하는 수행修行으로 이어진다. "돌"의 물성과 '부처'의
불성이 한 몸에 담긴 것이 "돌부처"이다. "돌부처"와 마찬
가지로 인간 또한 피와 뼈, 살이라는 물성을 가지고 있으며

동시에 모든 중생의 가슴속에는 부처가 될 수 있는 불성을 간직하고 있다. "돌부처"는 자기 안의 불성을 바라보며 "고요" 속에 파묻혀 "움직이지 않는다". 시인은 "돌부처"의 "상호相好"(부처님의 얼굴)에 "빛이 감"도는 장면을 목도하고 나서 "살아있지도 않으며/ 죽어있지도 않"은, 삶과 죽음의 경계를 가로지르는 어떤 깨달음을 얻게 된다. 그것은 한낱 "돌"이 '부처'로 환생하는 순간이다. 삶과 죽음은 다른 것이 아니라 매한가지이다. "돌부처"는 삶과 죽음이 응고되어 한 몸에 들어앉아 있다. "돌부처"는 바깥을 향해 "들으려"고 하는 귀도, "보려"고 하는 눈도 이제 닫아걸고 외부의 자극과 미혹에도 흔들리지 않은 채 묵묵히 자신에게로 침잠한다. "돌부처"는 돌 속에 갇혀있는 것처럼 보이지만 자신의 한계를 붙들고 무한으로 나아가는 자이다. 이 세상의 "하늘과 땅 사이/ 채우려 하여도 채울 수 없는/ 깊은 침묵에 싸여" 오롯이 무無에 다다른다. "문득/ 허공으로부터" 오는 "소리 없는 음악"이란 모순적인 말로 보이지만 그것은 "침묵" 속에서 "음악"이 들리는, 있음과 없음을 넘어선 해탈의 경지를 의미한다. 구재기 시인은 「돌부처」에서 돌에 갇힌 고독한 육신이 해탈에 이르는 과정을 적요寂寥하고 단아端雅하게 그려내고 있다.

봄으로 하여
여름으로 자라나고
가을로 하여

겨울로 비워 가는 나무들

봄으로 하여 다시 채워지는데

무엇이
허용될 수 있을까
무엇으로
비워질 수 있을까

오고 감이 인연하는 바로 이 자리

—「계절에 대하여」 전문

「계절에 대하여」는 서시序詩에 해당하는 작품이다. 구재
기 시인의 시집 『제일로 작은 그릇』은 다음과 같은 화두를
던지면서 시작한다. 우리가 사는 세계는 "봄"에서 "여름"으
로, "여름"이 가면 "가을"은 "겨울"에게로 서로 자리를 내어
주면서 다시 처음 "봄"으로 되돌아간다. "봄" "여름" "가을"
"겨울" 각각의 계절은 생성과 번영, 쇠락과 죽음에 대한 은
유이다. 우리는 이 계절이 무한히 순환하는 우주의 법칙,
그 생生과 사死의 굴레 속에서 피었다 지는 존재들이다. 그
렇다면 이 계절과 함께 업보業報에 의해서 끊임없이 윤회하
는 존재인 우리에게는 "무엇이/ 허용될 수 있을까". 업보를
씻고 해탈에 이르기 위해 우리는 "무엇으로/ 비워질 수 있
을까". 그가 바라보는 곳은 지극히 높은 열반의 자리가 아
니라 아스라한 존재들의 "오고 감이 인연하는 바로 이 자

125

리"이다. 우리가 발을 붙이고 살아가는 지극히 낮고 누추한 생의 자리 말이다. 우리는 이곳에서 살아가는 동안 무엇을 할 수 있을까.

나를
만날 수도
바라볼 수도 있을 것이다
설사 서로 무척이나 닮았더라도
서로 간에 어떤 복을
얼마만큼이나 주고받을 수 있겠는가

자세히 생각하고
깊이 믿고 즐거운
마음을 내어
내가 나에 의하여
마음을 빚어낼 수 있다면
헤아리고 일컬을 것이 어찌 있겠는가

밝음으로 어둠을 드러내고,
어둠으로 밝음을 나타내는 동안
본래 땅이 있으므로
씨 뿌리면 꽃이 피어나는 것
본디 바람 없는 곳에서는
작은 잎 하나 하늘거릴 수 없다

오고 가는 길
인연하는 일이란, 무의식으로

나를 풀어낼 수 있는
확실한 의식, 아슴한 빛이 되는 것
나의 두 눈에는 항상
내 얼굴보다 너의 얼굴이 먼저 보인다

—「거울」 전문

이 시의 "나"는 "거울" 앞에 서서 자기 자신과 대면하고 있다. "돌부처"가 자기 자신의 고요와 침묵 속에 침잠하듯이 '거울'을 보는 행위는 '나'에 대한 성찰로 이어진다. "거울"을 통해 '나'를 들여다보는 것은 "자세히 생각하고/ 깊이 믿고 즐거운/ 마음을 내어/ 내가 나에 의하여/ 마음을 빚어"내는 과정이다. 돌부처를 조각하는 일과 거울을 보며 마음을 빚어내는 일은 서로 다르지 않다. 구재기 시인의 시 쓰기 또한 마음을 맑고 정하게 만들어 무아의 경지에 도달하는 선禪 수행에 비견할 만하다. 시 쓰기는 '나'를 들여다보고 "무의식으로/ 나를 풀어"내어 '나'와 세상을 밝히 볼 수 있는 "확실한 의식"을 얻을 수 있는 방법이다. '나'에 대한 깨달음을 얻기 위해 몸을 깨끗이 하고 마음을 가다듬어 시 한 편을 얻는다. 시를 향한 정진精進은 "번뇌가 사라지는 길"(「물방울 하나」)이며 '진리'에 이르는 길이 된다. 그가 발견한 진리는 "인연"으로 수렴된다. '나'를 만나는 것 또한 "인연"에 의해서 가능한 일이기 때문이다.

"밝음으로 어둠을 드러내고,/ 어둠으로 밝음을 나타내"듯이 삶은 죽음이 있기 때문에 존재하고, 죽음을 통해 삶은 비로소 그 아름다움을 드러낸다. 삶과 죽음이 반복되는 이 "본래 땅"에 작은 생명의 "씨"가 뿌려진다. "씨 뿌리면 꽃이 피어나는 것"이 '인因'의 법칙이라고 한다면 "작은 잎"이 틔 게 만드는 "바람"은 '연緣'에 의한 것이라고 할 수 있다. '인' 이 어떤 결과를 만들어내는 직접적인 내부의 원인이자 힘이 고 '연'은 이러한 '인'의 발아를 돕는 간접적인 외부의 작용 이다. 삼라만상의 모든 사물은 그냥 자연 발생하는 것이 아 니라 인연因緣 즉, 인과법칙에 의한 특정한 시간과 장소가 마련되어야 비로소 생성된다. 씨앗만 있어서는 꽃과 열매 를 얻을 수 없고 그것이 자라기 위해서는 햇빛과 물과 바람 이 필요하듯이, 사물 혹은 사건이 생성되기 위해서는 '인'과 '연'이 동시에 작동해야 한다. "땅"이라는 삶의 터전에서 "씨 뿌리면 꽃이 피어나는 것"은 당연한 일처럼 보이지만 "본디 바람 없는 곳에서는/ 작은 잎 하나 하늘거릴 수 없"는 것이 다. 그렇기에 우리가 만나는 모든 생명과 사물은 인연에 의 해서고 헤어짐 또한 인연에 의해서다. "오고 가는 길" 사이 에, '인'과 '연'이 엮여 꽃을 피워 내고 '인'과 '연'이 풀려 꽃잎 이 떨어진다. 우주의 생성과 소멸은 "인연"에 의해서 작동 하는 것이다. 구재기 시인은 이 "인연因緣"의 소중함을 알기 에 "내 얼굴보다 너의 얼굴"을 먼저 바라본다. 맑고 투명한 눈으로, 우리가 사는 세상에서 벌어지는 인과 연의 매듭과 풀림을 바라본다. 그는 비로소 "인연"에 의해 작동하는 우 주의 섭리를 깨닫는다.

나에게 있어 나무는
믿음을 요구하는 종교가 아니다
마음이라는 이름은 누가 붙이고 있겠는가
하늘빛은 언제나 푸른빛이라는 걸로 알고
어디까지나 밝고 깨끗하게
푸른 잎으로 자라나는 게 아니겠는가

응당 햇살의 공양을 받아
가지란 가지 모두 하늘을 향하게 하고
가슴으로 나누어줄 수 있는 가지들을
날아드는 새들에게 분양해 놓은
나무는, 나에게 있어
경전처럼 도道를 이룬 채 아득하기만 하다

가장 먼저, 나에게 꼭 있어야 하는
나무숲 속으로 조금조금 들어설 때
그 곧고 고운 몸으로 나무는
지구의 중심, 나로부터
그 한가운데에서 자라나
더는 위없이 높은, 가장 큰 일탈逸脫

결코 변할 리 없는
본바탕 그대로 고스란히 하여
비바람 고이 맞아 몸을 씻는 걸 보면
뜨거운 번뇌로 불타오르는 듯한
내 발자국 소중할 수 있도록
정결한 옷으로 갈아입어야 했다

—「나무 밑에서」 전문

129

시인은 "나무"에게서 '인연'이라는 놀라운 자연의 이치를 발견한다. "나무"는 "믿음을 요구하는 종교가 아니"라 그 이전에 "결코 변할 리 없는" 사물의 본성, "본바탕 그대로" 존재한다. "하늘빛은 언제나 푸른빛"이기에 하늘을 바라보는 "나무"는 "밝고 깨끗하게/ 푸른 잎"을 틔우는 것이다. "나무"가 씨앗에서 싹을 내고 자라는 것이 인因이라면 "햇살의 공양"은 연緣에 해당한다. "햇살의 공양"을 통해 "나무"는 비로소 "가지란 가지 모두 하늘을 향하게 하고" "날아드는 새들에게" 쉴 수 있는 자리를 "분양해" 줄 수 있게 된다. 생이 번성하게 되는 것은 '인연'에 의해서 가능하다. '인연'은 "햇살의 공양"을 부르고 "나무"와 "새"가 같은 자리에서 공생共生하도록 하게 해주는 힘이다. "나무"는 '인연'의 이치를 깨닫고 자신의 본성을 좇아 "경전처럼 도道를 이룬" 존재이다. "지구의 중심"인 "나"라는 자아로부터 자라나 자기 안에 있는 본성, 즉 불성을 깨치고 "새들"과 같은 뭇 생명의 존재들을 무한히 품어내는 "나무"는 부처와 다름없다. "나무"는 그대로 있음으로 해서 "더는 위없이 높은, 가장 큰 일탈逸脫"을 이룬다. 여기서 "일탈逸脫"은 해탈解脫의 다른 말일 터이다. "나"는 "비바람 고이 맞아 몸을 씻"으며 자기 수행에 정진하는 "나무"를 닮아가고자 한다. '나'는 아직도 "뜨거운 번뇌로 불타오르"고 "나무"(부처)에 도달하는 길은 "아득하"고 요원해 보이지만 포기하지 않고 자신의 생의 "발자국"이 "소중할 수 있도록/ 정결한 옷으로 갈아입어야"겠다고 다짐하는 것이다.

나라는 존재가 죽음에 의해 한순간에 흩어지듯이 내가 마주하는 모든 인연들도 억겁의 시간 속에서 찰나와 같이 짧게 명멸하는 존재들이다. 이 세상의 물성이 가진 생의 허무를 감지하는 마음. 우리의 마음 깊은 곳에 작동하는, 살아 있는 존재에 대한 근원적인 그리움과 애틋함을 감히 불성이라고 말할 수 있을까. 구재기 시인은 "돌부처"와 같이 삶과 죽음에 초연한 자세로 세상을 바라보지만 그의 몸은, 조금은 생의 아름다움 쪽으로 기울어져 있다.

햇살 맑은 날 아침
아이들이 집을 비워 주자
아내와 난 집 안을 정리한다

아내는
찬장 빈 그릇을 정리하고
나는 찬물에 걸레를 빨아
무릎을 굽힌 채로
아이들의 빈자리를 닦는다

그 옛날 누군가는
밝은 달을 보고 깨닫기도 하며,
혹은 새벽 종소리를 듣고
먼 마을의 닭 우는 소리를 듣고
깨닫기도 하였다는데,

요행히
간밤을 살아 왔으니
오늘은 어떤 근심도 없게 하리라
전날보다 더 지극한 마음으로
평온을 닦아내고 보면

아이들이 비워 준
집, 많은 햇살들이 줄줄이
염주 알 꿴 줄의 믿음처럼
그동안 수없이 내린 그늘이
언뜻 후광後光 같은 빛으로 보인다
　　　　　　　　　—「걸레질을 하며」 전문

　「걸레질을 하며」는 아이들이 집을 비우자 아내와 함께 집
청소를 하는 이야기를 담은 시이다. "아이들이 집을 비워 주
자"라는 표현은 아이들이 잠시 집을 떠났다가 돌아오는 상
황이거나 혹은 자식들이 부모의 슬하에서 독립해 나간 것을
의미하기도 한다. 어떤 사연인지는 모르지만 "아이들이" 떠
난 "집 안을 정리"하는 "아내"와 "나"에게서는 무언가 처연
하고 애틋함이 느껴진다. "아내는/ 찬장 빈 그릇을 정리하
고/ 나는 찬물에 걸레를 빨아/ 무릎을 굽힌 채로/ 아이들의
빈자리를 닦"을 때, "아이들"의 부재는 더욱 강하게 환기된
다. "아이들"과 함께 살았던 공간인 이 "집"에는 곳곳에 "아
이들"의 체취와 기억이 새겨져 있을 것이다. "아이들"을 생
각하면서 자식의 "빈자리"를 묵묵히 닦고 있는 "나"의 모습

은 수행을 하는 것마냥 경건해 보인다. 자신을 낮추고 "무릎을 굽힌 채로/ 아이들의 빈자리를 닦"고 있기 때문이다. "옛날 누군가는/ 밝은 달을 보고" "혹은 새벽 종소리"나 "먼 마을의 닭 우는 소리를 듣고" 깨달음을 얻었다고 하는데 "나"는 "걸레질"이라는 일상의 수행을 통해서 무언가를 깨우친다. 옛 구도자들이 일상적 공간이 아닌 어떤 초월적인 영역에서 도道를 찾으려고 했다면 "나"는 소박한 생활 속에서 삶의 진리를 찾는 것이다. 지난밤을 살아온 것도 감사한 일이고 자신을 괴롭히는 "근심"과 번뇌에서 벗어나기 위해 "전날보다 더 지극한 마음으로/ 평온을 닦아"낸다. "번뇌는/ 사라지기보다/ 쌓아가기가 쉽다"(「물방울 하나」). 일상의 "걸레질"을 통해 "평온을 닦"고 닦는 일은 "번뇌가 사라지는 길"(「물방울 하나」)이다. 소박한 일상의 감각 속에서 "아이들"과 가족의 소중함을 깨달으며 우리가 한데 모여 살아갈 수 있게 하는 "집"의 소중함을 다시금 떠올린다. 이 시에서 "집"은 있음과 사라짐이 반복하는, "오고 감이 인연하는 바로 이 자리"(「계절에 대하여」)이다. "나"는 "햇살 맑은 날 아침"에 집 청소를 하면서 "집"이라는 공간과 그 안에 존재하는 "아내"와 "아이들"의 '인연'에 대해서 성찰하는 것이다. 이러한 수행의 결과로, "나"는 "집" 안에 들어오는 "햇살들이 줄줄이/ 염주 알 꿴 줄"로 보이는 순간을 목도하게 된다. 도道를 깨치는 순간이다. "햇살"과 함께 "그동안 수없이 내린 그늘"을 감별하면서 그 "그늘"에 서려있는 "후광後光 같은 빛"을 발견한다. "햇살"과 "그늘"은 곧 삶과 죽음, 생성과 소멸, 있

음과 없음에 대한 시적 은유이다. 구재기 시인은 생과 사의
경계에 서서 우리 존재가 서로에게 기댈 수 있는 '인연'이 가
진 의미를 다시금 되새김질한다.

아내는
크고 작은 그릇을
아침 햇살 아래
펼쳐놓았다

한낮이 지난 다음
아내는 다시
물기 마른 그릇을
거두기 시작했다

가장 큰 그릇 속에
작은 그릇을, 작은 그릇 속에
더 작은 그릇을…… 차츰 작아지는 그릇이
크기에 따라 안겨지자

가장 나아중
포근히 안긴
제일로 작은 그릇 속에
햇살 가득 넘치도록 담겼다

—「그릇들」 전문

시인은 아내가 그릇을 정리하는 모습에서 생의 소박한 가

치를 깨닫는다. 아내가 "가장 큰 그릇 속에/ 작은 그릇을" 넣고 또 "작은 그릇 속에/ 더 작은 그릇을" 넣는 장면을 보고 인간의 마음에 숨어있는 불성을 발견하는 것이다. 그릇이 크기에 맞게 서로의 품에 포개지듯이, 생명 또한 큰 것이 작은 것을 안고 서로가 서로를 품어준다. 대우주가 햇살을 내려 '나무'를 키우는 것처럼, '나무'가 가지마다 새들을 품는 것처럼, 부모는 자식을 보듬어 안는다. 그렇기에 "가장 나아중/ 포근히 안긴/ 제일로 작은 그릇 속에/ 햇살 가득 넘치도록 담겼다"라는 마지막 시구는 눈이 부시도록 아름답다. 일견 평범하고 단순한 듯 보이지만 구재기 시인은 이 짧은 시에서 인간의 본성에는 다른 생명을 위해 자신의 자리를 내어주는 따뜻한 마음이 있다는 진실한 믿음을 보여준다. 우리는 이 "제일로 작은 그릇 속에" 담긴 "햇살"을, 다른 말로 사랑이라 부를 수 있을 것이다.

구재기 시인의 시집 『제일로 작은 그릇』은 구도자求道者와 같은 자기 수행의 결과물이자 사라지는 존재들에 대한 쓸쓸하고 애틋한 마음의 연서戀書이다. 그는 "정념情念의 액즙"(『수박』)으로 혼탁한 이 세상의 "분별할 수 없는 인연因緣" 속에서 "진여眞如한 내 사랑"(『연꽃 사랑』)을 찾는다. 모든 '인연' 속에 숨어있는, 타인을 향한 무한한 '사랑'을 마음의 눈으로 헤아린다. "중요한 것은/ 마음으로 헤는 일"(『쓴맛 단맛』)이라고 했듯이 시인은 우주의 진리를 밝게 보는 혜안慧眼으로 "차마 분별할 수 없는/ 이승과 저승 사이"(『눈 쌓인 밤에』)를 가늠한다. "보이지 않는 곳에/ 뼈를 품고/ 보이는 것

이 살이다"라며 인간의 육신이 가진, 숙명적인 "삶과 죽음
의 경계"를 꿰뚫어 보고 그 누추한 육신 속 "날을 세운/ 푸
른 심줄을 따라" "뜨겁게 흐"르는 "붉은 피"(『살』)에서 '사랑'
을 발견한다.

　허기와 같은 "오랜 그리움"(『허기虛飢』)과 생의 곡절마다
"저절로 자라나는 슬픔"(『태산목꽃 피던 날』)에 시달리는 것이
삶이다. 구재기 시인은 "그리움이란/ 아무렇지도 않은 일
까지도/ 크나큰 기억으로 살아나는 아픔 같은 것"(『가을 길을
걸으며』)이라며 삶의 서글픔을 노래한다. 살아있는 존재는
언젠가 사라질 것이다. "애초부터/ 지상에 남겨진 것이란/
아무것도 없"(『소나기가 지난 뒤』)으며 "꽃은 끊임없이/ 제 몸을
소멸해 간다"(『열매 1』). 우리는 햇살이 비추면 이내 사라지는
"아침 이슬"같은 존재들이다. 시인은 가만히 서서 "하얀 꽃
잎에 쌓인/ 아침 이슬 방울방울/ 어찌할 수 없이/ 그 이슬
에 젖어버린/ 대숲의 깊은 울음소리"(『인연因緣』)를 듣는다.
그것은 우리가 숙명적으로 끌어안고 살아가야 하는 슬픔이
다. 하지만 그 고해苦海와 같은 세상 속에서 우리는 '인연'의
힘으로 살아진다. 서로를 연민하고 보듬어 안는 마음으로
"바람과 더불어/ 바람의 일부가 되어/ 흘러가지 못한 서러
움이/ 강물처럼 덧없이 흐르다 보면"(『무서리 내리던 날』) 어느
순간, 생의 아름다움을 발견할 것이다. "살아가야 하는 나
날/ 옹크린 꽃잎을 펼치자마자/ 짙은 향기가/ 울려 퍼져
나"(『복수초』)오는 순간이 우리에게 찾아올 것이다.